quando corpos marcados pela serpente
se encontram
transmutam palavras
tempo e matéria
e não há como prever
o que germinará
o que será gestado
e parido
somente uma certeza:
suas línguas serão danças
sibilantes

Para Taya Carneiro,
que profetizou e fez tantos futuros

não sou um espelho

profecia

diana salu

jandaíra
São Paulo | 2023

estrelas são luzes
que há muito se apagaram
são luzes
de outras eras, outros tempos

eu tento dançar seus movimentos
brincar
procurar minha própria luz
do passado

estou vestida de branco
mas não é possível enxergar ao anoitecer
brinco e danço o movimento das estrelas
sinto-o leve
movo
minhas várias pontas

tento trazer a luz
pro centro do centro
tento agir explosiva
e me embaraço

sou estrela lenta
de galáxia distante
o tempo da minha luz
sempre me exige espera

contudo brinco o tempo
de outras luzes
brinco o movimento
de outras estrelas
e espero

espero

abro minhas pernas, ensaio um gesto
e espero
arqueio minhas costas, abro o peito
e espero

espero a chegada do movimento
da luz da estrela lá do fundo
de mim
um dia ela chega

vem ver comigo?

se nome é **profecia**
rompi todas que me enunciaram
rasguei e guardei pedaços
no meio
em espaço quase desimportante
entre o apêndice
e aquela última costela
só pra lembrar o caminho
dessa história genética-imagética
verbo(t)rrágica

inventei minha própria profecia do passado
tias, avós, aquendadas
inventei
criança sem nome
diana à espera
brincando de drag king
até chegar a hora de engolir a lua
em doses comprimidas diárias

em brasa lenta – espiral

a água já sai do cano quente.
tudo está quente. a terra em chamas arde
eu queimo lenta, em brasa, como fogueira mal apagada
observo as horas passarem como moscas
e as ofusco com a fumaça de queimas anteriores

me pergunto onde estão agora os mundos que não são
| este
quero sair para procurá-los, mas tenho medo do que deixaria
| para trás

deixar atrás, como não houvesse retorno
(às vezes não há)

depois da queima, a cinza não volta a ser madeira
mas pode virar nova brasa, espalhar-se no ar
pode enterrar-se sob areia e mais areia até virar terra
até alcançar o mais profundo da terra - onde se formam os
| minérios,
a lava e os sonhos de outros mundos esquecidos

há o mundo que eu esqueço, que procuro esquecer
o mundo para o qual não há retorno
não sem que deixe de haver eu
- esta eu que é caminho pra não ser -

lá qualidade em queimada
é ser fogo que se espalha e não hesita,
espalha e consome e acaba e
espalha pralém do se acabar

o fim não é um ponto ao final, nem novo ponto no início
o fim é um giro no meio em que não há mais volta,
onde a espiral do tempo só pode seguir novas rotas
circulares
e o que foi feito - feito está

o laranja é a cor do fogo e ele falta em minha tez

depósito travesti
seremos então depósitos
para tudo aquilo que querem esconder?
para o gozo culpado de homens
sonhos não ditos de mulheres
desejos vontades medos
fraquezas forças
e até
vontade de matar

não podem mostrar
as estirpes de adão e eva
então procuram a nós
travestis
e jogam
jogam
jogam

esperam que engulamos tudo
não sabem nem imaginam
que somos ancestralmente versadas
na arte de devorar
que devoramos a nós mesmas
para nos tornarmos quem somos
e que assim nos fazemos
imunes
ao lixo
ao luxo
ao desejo
ao nojo
de suas mãos
bocas cus
paus e
bocetas

então joguem
continuem jogando
e tudo iremos devolver
mais belo e mais terrível
que seus maiores sonhos ou pesadelos
e do que devolvermos
serão incapazes de digerir
uma única gota
sem sentirem a dor
de úlceras terríveis
na boca do estômago
de suas binaridades

hora de recontar histórias
de feras degoladas
de bestas arremessadas de penhascos

hora de arrancar histórias
de mãos degoladoras
de colonizadores que apenas deliram
haver decifrado enigmas

esfinge hormonizada me estrangulo em gozo
meu prazer é só meu e
não tem nada aqui pra você

não confundir

defesa e agressividade
são diferentes
de violência

raiva
é diferente
de ódio

silêncio
é diferente
de silenciamento

vazio
é diferente
de falta

falar
é diferente
de calar

espaço
é diferente
de ausência
(que se pensar bem é presença que enche)

fruir
é diferente
de consumir

fluir
é diferente
de não se importar

explicar
é diferente
de esgotar

conhecer
é diferente
de dominar

encontrar
é diferente
de conquistar

querer
é diferente
de esgotar

autonomia
é diferente
de independência

incontinência

como espuma gelada me espantou
e quando dei por mim era quase líquida
um líquido amniótico, proteico,
poça primordial
existindo como se ainda por existir
ou como fosse apenas fuga
deu saudade do seu toque quando morninha
abraçando tudo que em mim parecia errado

mas ali era como se uma distância
i n t e r c o n t i n e n t a l
tivesse se colocado entre a gente
e a minha voz não alcançasse toda amplitude
que já alcançara aos seus ouvidos

sua mão bateu forte contra a parede

e como vento a revolta
vinha contra mim

não queria que mudasse o horizonte
não queria entender que ele era
(e sempre fora) uma invenção - minha até

engoli o gosto prateado do sonho que não saía do papel
e vomitei em lágrimas pastosas e cinzas
o dia
a
dia
que eu tinha quase digerido

foi preciso a imposição de um silêncio
que me doeu
mas não tanto quanto a longitude

da sua fala,
que me colocava em localização geográfica
quase impossível
na sua órbita

desorbitei
e me habitei
bastei
de espuma que some
e rápido se transforma
em tapa de água fria

tem gente que vive no pé
tem gente que mexe
dentro
massa muscular ativa
vísceras
enrola enrola enrola
embola fibras tendões ligamentos
liga
e fica

dá trabalho pra tirar

queria eu ser mar, amiga minha
para te envolver neste momento
que dentro de mim você pudesse repousar
mergulhar, flutuar e deixar ir
o peso

queria eu ser mar, amiga minha
para que meu abraço de água e sal
te carregasse
para longe
para perto
em meus braços

leve
barcarola sem dono ou capitão

queria eu ser mar, amiga minha
para em furiosas ondas derrubá-los
todos eles
que petulantes ousaram roubar sua alegria
esses que pensam ter algum direito sobre um corpo
que é muito mais do que jamais imaginarão
fechados como são
em suas cascas
em suas barcas
falsas
naus violentas

incapazes de ser pássaro, peixe ou água
e tampouco sereia
e nadar
livre
e sorrir
aberta

e apreciar a
mar

carta de uma pequena gota a uma sereia vulcânica

(o resto) leva

que nada mais seja em mim
que nada mais seja em mim
que nada mais seja em mim
eu não quero

que nada mais seja em mim
que nada mais seja em mim
que nada mais seja em mim
eu não quero

leva esse resto de mim
e não traz nada no lugar
só
leva esse resto
de mim e
não traz
nada no lugar
só leva
esse resto de mim
e não
traz nada no lugar só leva
esse resto de mim

re.cordar

(I)
re.cordar
de novo/coração
re cordar
como amarrar de novo
re contar ou re amarrar
re acordar
acordar novamente

acordar de um sonho onde a memória existe além
do meu corpo. onde o que vivo caminhando debaixo
da pele, no eriçar dos pelos, no roçar de lábios, coxas,
joelhos, neca, nádegas, pés e palavras, tenha lugar dito
e enunciado no que me contam as histórias do passado.

não-apagado - o sonho de ser inteligível.

(II)
noto.corda
costas/corda
nossa corda - conexão entre diferentes espécies
vertebradas(in)vertebradas
uma estrutura em corda perpassando seres em água-
cartilagem-memória
noto corda
percebo a corda
eu a vejo
e dela
tomo nota

memória trava-sapatão eu invento enquanto caminho
referenciais roubados, invento enquanto tropeço

não meço se me meço referente-referência
não sei se quis
inevitavelmente sere(i)/(mos)?
“somos as ancestrais do amanhã” me disseram
queria poder contar histórias melhores
contar de avós, tias, laços e árvores
onde meu corpo é festejado
ou apenas reconhecido
vida que em si é celebração

(III)
re.cordado
de novo/corda-tubo
(pelas costas)
de antes até da formação das vértebras
a memória (atrav)essa medula,
já me disseram que a coluna é aquosa
(diria em mim chorosa)

a memória me trava, sapatão
pois que minha própria criança-adolescente optou por
caminhos de esquecimento
eis então uma questão: seria o esquecimento uma de
nossas formas ancestrais para lidar com violências,
negações, imposições e incomunicabilidade?
esquecimento do passado violento
permitiria corpo novo sonhar possibilidades
imaginar futuros
(?)

e aí
- a partir dessa construída-encontrada segurança
entre redes, apoios, carinhos e sonhos,
atravessados pela potência de primeiro esquecer -

recavar
recontar
recordar
retraçar

história(s)

silêncio-mulher

há cerca de três anos decidi que iria ouvir o silêncio
tentar aprender com ele

foi quando decidi ouvir
(e deixar falar)
a mulher em mim
(enfim)

silêncio e mulher
(é histórico)
tantas vezes andam juntos

é triste
(e poderoso)

(só) o silêncio pode dar sentido
a qualquer som, a qualquer fala

e o som
e a fala
apenas arranham
o sentido do silêncio

as avós que me foram roubadas

o que conto sobre elas é o que invento, mas há também o que sei: que havia choro - talvez mexido em colher de pau como mexo agora esse agridoce do lembrar. como é que lembra o que ninguém contou? como é que lembra o que era segredo? com choro eu sei que lembro, pois tem sempre gota que escapa

- a água encontra caminhos

ter muitos nomes
gesto tão antigo
ato de feitiçaria
característica do que escapa
ao humano

ter nome nenhum
derradeira liberdade
antiga liberdade
a inumana liberdade

em mundo de documentos
para validar memória
reivindicamos nomes
é mesmo ato de vingança
são tantos nomes desajustados aos corpos das fotos
tantos corpos desajustados aos nomes dos documentos

todo mundo tem nomes mais verdadeiros que escapam
| aos papéis
os nomes que lhe deram por amor
os nomes que lhe deram por temor
os nomes que lhe deram por fazer parte
os nomes que lhe deram aos sussurros
os nomes que lhe deram aos gemidos
os nomes que lhe deram aos berros
os nomes que se dão no silêncio, na madrugada, quando
| longe dos olhares

todos têm nomes mais verdadeiros que sequer são
| pronunciáveis
nomes recebidos em sonhos
nomes recebidos do sangue
nomes abandonados pelo caminho

nomes espelhados nas medulas

algumas ancestralidades passam nomes pelos papéis
algumas ancestralidades passam nomes pelo sangue
e algumas ancestralidades passam nomes pelos sonhos

dos nomes dos sonhos os mais verdadeiros vividos
perdemos tantos soterrados por nomes invejosos de
| papel

mas alguns recuperamos e alguns já estamos
| guardando
nomes que nos foram passados por sonhos, sangue e
| feitiçaria
nomes que nos apontam antes o caminho que virá

são os nomes que nos dizem:
sempre foi possível
e nossos nomes hoje já são também

transcestralidade
:
imagine um poema impossível, gigantes infinito: cada
verso um nome, a cada nome sua história
quando se tornar algo impossível de seguir mapeando
terá perdido a necessidade de existir
e aí viveremos a liberdade
de não ser problema
ter (ou não)
nomes

abro minha barriga com as unhas
e procuro um útero que não tá lá

abro minha barriga com as unhas
pergunto à minhas tripas
de onde saiu a gestação?

abro minha barriga com as unhas
procuro e não encontro onde caberia
ali

esse **órgão fantasma** me apavora
o ato de parir me apavora
o ato de criar uma criança
me apavora

mas essas tripas esse corpo
já pariram antes
essas tripas emboladas
metros e quilômetros por dentro
da minha barriga
de sangue carne inflamação e
restos de catarro
já pariram antes

elas me parem dia a dia
a cada cinco anos um ciclo
a cada cinco anos
mais sangue choro e ar
respirado pelas tripas

| eu costumava achar que não caber na minha calcinha
era um sinal do fracasso em ser mulher
que injustiça com meu próprio tesão
e com as tantas mulheres cis que também não cabem em
| suas calcinhas
quando se excitam escorrem o corpo escapando aos
| limites do tecido
bucetas que correm pra encontrar com as coxas, as mãos,
| o ar, o mundo

necas, bucetas, cus
não cabemos em nossas calcinhas
calcinha nenhuma foi feita para caber

e **fracassar em ser mulher** é o segundo passo para
minha liberdade

aquendar
é quentar
lá embaixo
comichão
acolher o tesão
que molha a calcinha
perto do cu
(delícia)
quando você aperta
então...
(malícia)
atiça

ouço sua respiração
imagino o movimento
respirar que é água, depois fogo
e terra - tão você -,
que flutua com menos dificuldade
e vira ar

eu cansada
ar rarefeito
hoje não te acompanhei
mas ouvi seu respirar
e vi seu mover
senti de longe
cuidado que é seu com você
e que empolgada com
partilha comigo
r(ar)e
feita

a claridade do dia tem me intimidado
me feito duvidar de meus quereres
é que sou também feita de sombras
e silêncio
e a claridade do dia preenche tudo
de tal modo que me sinto
exposta

a claridade do dia me lembra deveres
e urgências
me lembra certezas
e promessas
me lembra pressa
e me diz a todo tempo:

assim, desse jeito, você não pode
assim, desse jeito, não é certo
assim, desse jeito, o que vão pensar?

agora o que preciso é me atrasar
aceitar que não quero o certo
que me banho no duvidoso
que a sombra em mim é parte
do meu riso, do meu choro, do meu sonho

e que digo
também
quando me calo

eu queria sair e andar na rua e sentir o amor
o amor de estar viva e de que viver vale a pena

sentir o sol nos cabelos no peito na cara
sentir o vento no corpo
sentir que existo que existimos
que o mundo é como nós
como nós o fazemos
como nós

mas como nós, ele se enrola,
prende e nos amarra
e por vezes se fecha no pescoço
de uma de nós

como desatar esses
nós na garganta
nós na orelha
nós no peito
nós no intestino
nós no corpo
carbonizado
nosso
nossa

nós

sonhei que o sonho era prisão
saía e caía de novo
me soltaram **as mordidas dos cachorros**

a sensação de não ser vista
de não ter sido vista
e a dor na memória
dos momentos em que você
me viu tão bem

deixo ir
essa sensação de não ser vista
de esperar
esperar
que me deem de fora

eu me vejo
não é sempre
mas me vejo
e assim quero também
ver
quero ver vocês
quero ser vista

mas não mais esperando
que alguém me dê
esse presente impossível
de ser vista sempre
por inteiro sempre

queria que você tivesse me visto
próximo do fim
quando parecia mais impossível
após o fim, agora
quando não consegue me ver
nem a um palmo de distância

mas deixo
deixo que não me veja
não sou o que você vê
eu me vejo
me vejo aqui

me vejo deitada
no escuro
em silêncio
eu me vejo

queria ser silêncio
que as coisas me atravessassem
e nada eu refletisse ou rebatesse

queria ser silêncio
deixar sempre no ar
a promessa do eco

queria ser silêncio
que, sem nunca se impor,
se faz presente -
impossível ignorar

queria ser silêncio
o existir do que não se vê
o espaço do que está
a sombra da voz

a pausa do ser

queria ser silêncio
sem me mover um centímetro
ser movimento

queria ser silêncio
lugar do encontro
da vida com a morte

queria ser silêncio
e sequer precisar
finalizar um
poema

as palavras caminham **pela minha pele**
elas estão aqui
eu as tenho
elas me têm
- em verdade não nos temos
pois somos vento -
mas elas estão aqui
e eu preciso usá-las

pós-p.

pós-que
pós-quem
(pra quem?)

estamos falando de mortes
estamos falando que estaremos, então, com vida
pós-morte

pousa a morte -

sua morte pousou ao seu lado
nossa morte pousou aqui
mas já não pousa e corre
essa morte que se acelerou
nervosa com o excesso de trabalho que o pós-industrial
também impôs a seu pós-corpo ceifador (morte tem
corpo ou é nosso o corpo da morte?) -

como pode haver depois de morte
se nem na vida se permite morrer
se nem na morte se permite viver
na obsessão da sobrevivência

pós-moderno
pós-graduação
pós-capitalismo
pós-humano
pós-pornô
pós-vida

pois, vida
pós-pandemia será ainda obcecada com

pós-?
ansiedade de presente ausente
em vida sobrevivida que já pré-pós-pandemia
se pós-figurava único horizonte

pós-hoje
pós-morte
pós-vida

é de morte que se vive
(quando não é genocida)

cansada
/
saudade

cansada do mundo
saudade do mundo
será que é o mesmo mundo?

ou pode ser que haja tantos
mundos no mundo
que
se eu me chamasse raimundo
teria virado raimunda
- ou até petra, vai saber como raimunda gostaria de ser
chamada, eu mesma achava ~~august~~ um nome bem
| feiosinho -

pois se há tantas em mim
até quando me sinto assim, v a z i a
por que não haveria de haver tantos no mundo?

cansada
do mundo

saudade
de mundo

há uma voz que me rodeia
e o nome dela é espera

lá fora é o vento

quando criança,
lembro,
meus pais ouviam muito dorival caymmi
minha música preferida,
dizem,
era o bem do mar
lembro que cantava:
o pescadô tem dois amô
um bem na terra
um bem no mar!

lá fora é o vento
me pergunto se tá aí
a raiz infante do meu viver amores
vontade de amar na terra
amar no mar
ser corpo barco que navega
saber que mar e terra
são infinitos
e se desdobram em ondas

lá fora é o vento
meu pai só viu o mar com os olhos quando adulto
fez de tudo para conhecermos o quanto antes
o mar está na minha memória marcado
desde cedo, lugar de origem e partida
não é o mar dos pescadores de dorival, claro
é mar de descanso, brincadeira
de olhar admirada e mergulhar em segurança
eu já dormi de sonhar boiando no mar

lá fora é o vento
memória não é muito meu forte

venho de uma tradição de fuga
além de saber que em tudo há invenção,
me perco nas vontades de inventar agoras
projetar amanhãs
de certo que em parentesco com as águas
vim nascer no cerrado
depois de desmatado para os paisagismos
da nova capital
mas a terra vermelha permaneceu
e eu cresci
sapa acostumada a estar ressecada
esperando sempre a hora de
novamente entrar
nas águas

lá fora é o vento

começa de novo / quanto tempo vai durar?

começar de novo
start again
diz o programa

começa de novo
começa como o que já foi
de novo como o que não houve

perguntas me chamam a construir suas interrogações
e começo a suspeitar que as utilizo como pequenos
esconderijos
e se eu disser logo o que penso e sinto, assim na lata...
mas em vez disso pergunto

essa se faz em versos
e ainda não usei uma interrogação

mas espero enquanto digito
espero dando pulinhos
saltitos

espero me movendo e sei que a pergunta paira acima de tudo
a pergunta paira por baixo de tudo
acho que é uma imagem mais de acordo
firmado! assinado com firma registrada em cartório e
acordo que a pergunta paira por baixo

apagar e pular espaços não é suficiente
e as palavras se tornando borrão
meu coração pulando no peito
por baixo da garganta
e os dedos se agitando rapidamente
ficando aqui então o tempo deste salto
que se assustou com o truque dos espaços

enquanto isso a pergunta paira e não ouso fazê-la
| antes do fim
afinal, uma pergunta ao final não permite tempo para resposta
perto de mim vai se chegando o tempo dos finais
então a pergunta que talvez não tenha mais sentido
apenas se estica pelo chão

quanto tempo vai durar?

| o pós-aqui-agora
é imaginação, boa vontade ou desesperança

o pós-agora foi
de querer olhar coisas físicas
de querer beijar a poeira
e enfiá-la pulmão adentro

depois que inventar agora-depois:
esquecer e então navegar
o gosto do mofo debaixo da cama
que engana sintomas
a febre enrolada no cobertor da espera
do arder pele no encontro
respira
dor

no pós-depois eu andei e chorei no sol e havia pessoas
| que riam e choravam
elas estavam longe e perto e depois a gente foi atrás do
| que hoje será urgente
o presente grita e a gente dorme
o presente grita e a gente acorda
o presente grita e a gente coloca só mais 5 minutinhos no
| alarme
o presente grita e a gente sonha a matéria mais vívida
o presente grita e a gente olha
coisas físicas

fui sua pepita **de girassol**
pequena semente um tanto moída
e germinei ao seu lado
você tratou minhas folhas,
cuidava de me regar
e eu queria crescer feliz e me mostrar
sorrir pro sol e pra você

tentei devolver muitos nutrientes ao nosso solo
e sei que também estive eu a te regar
te oferecer sombra sob meu pequeno caule
te oferecer o pólen para que criasse seus favos
por vezes não foi muito o pólen, ou ele se perdia no ar,
queria guardar um pouco pra mim também
oferecer a outras
mas sempre te procurava e queria ser sua
queria ser radiante no sol
que você se orgulhasse
não por ter sido seu trabalho
mas por apreciar a abertura do meu próprio ser flor

em nosso tempo, tantas vezes,
foram tempestades que me afogavam
trovões e raios que me assustavam
mas amava o calor do nosso sol
como ardíamos!
a umidade de nossas águas
como transbordávamos!

ainda assim comecei a sentir nossa terra me apertar
as tempestades mais e mais frequentes dobrando
meu caule muito próximo de romper
tanta chuva de tempestade tanta água eu perdida e me afogava

precisei de espaço longe
e minha escolha foi pra você também tempestade
hoje não sei de você
de como anda o cultivo dos seus favos
os movimentos das suas águas e raios
a riqueza de sua terra
espero que estejam vivos e brilhantes
espero que sejam correntes e certeiros
espero que seja diversa em nutrientes
espero que algum dia lá na frente possa te ver
de novo caminhar ao lado da minha terra
e possa te mostrar feliz quanto cresci
e possamos juntes admirar o sol

memória
é segurar perto
ou deixar ir?

deixo **pistas** para mim mesma
um salto para o chão

(inspirar)
(expirar em ahs)
aaaaah
(inspirar)
(expirar em ss)
ssssss

caminhar para frente
(inspirar)
como se houvesse algo
à frente
que desse vontade de encontrar
(prender o ar sem perceber)
parece que foi proibido
parece que foi retirado
parece que foi escondido
(inspirar)
como é que se esconde o horizonte?
(prender o ar sem perceber)
aah! (um tanto cansaço um tanto revolta)

(inspirar forte)
(expirar em ah longo)
aaaaaah
(inspirar forte)
(expirar em ahs)
aaaaaah aaah ah

a função do peito é receber o ar
e deixar sair
(prender o ar sem perceber)
a função do pleito é receber os “ahs”
e deixar saírem
(gritar começando dentro e terminando fora

aaaaAAaaaAAAAaaaAAAAAAAAAAAAAAH

a coisa mais importante que trago hoje é um grito
e a vontade de chorar

(inspirar forte)
(expirar rápido em huuhns)
huum huuum huuns
(expirar forte em ahs)
aaaaaah aaah ah

é cansativo viver em um mundo que
não tem pra onde ir
(inspirar silencioso)
(prender o ar sem perceber)
é cansativo sentir
(pausa o ar suspenso)
que só dá pra caminhar por onde já se caminhou
os pés a repetir os passos
a terra a repetir a forma
o chão cansado
cansado d
as mesmas batidas
(inspirar silencioso)
as mesmas batidas
as mesmas batidas
as mesmas batidas!
(pausa)
amassa amassa amassa
(inspirar forte)
amassamassaamassaa
maaaaassa
pé tem vontade de coisa nova
que não conhece

pé tem vontade do que vai acontecer
(inspira)
se só acontece o que já foi
pro pé sobra fincar no chão
(prender o ar sem perceber)
talvez não seja ruim fi(n)car no chão
mas
existe a vontade de flutuar
existe a vontade de correr
correr correr tão leve
que as pontas dos dedos apenas roçassem a grama

(inspirar forte)
(expirar em ah longo)
haaaaaaaaaah
até o ar
parece não ter pra onde ir
fica aqui entala entra dentro
(inspirar)
tem que fazer força pra sair (solta todo ar)
o ar
e lá na frente encontrar
(pausa)
(inspirar forte)
e lá na frente
lá na frente!
lá!
aponta
aponta o dedo!
aponta o dedo em riste,
à frente, lá!
lá na frente!
lá!
tem que ter alguma coisa

observe o movimento e vá
observe o movimento e vá

existe risco debaixo do olhar
e a areia não vai te salvar

observe o movimento e vá
observe o movimento e vá

(o movimento é o mar)
observe o movimento e vá

não temer a própria voz
as palavras que urgem escapar pela boca
usá-las, contá-las

e então
delas se desprender

calar-se
pelo cultivo do silêncio
força criativa do vazio

falar
como desdobramento, manifestação
movimento e troca

seu silêncio não vai te proteger
tampouco irá a sua fala
:
(ficar muito tempo no mesmo lugar
é estar em risco
mover-se constantemennte
é estar em risco)

dizer como quem não diz
aquietar como quem afirma

saber
ser presença
saber
se retirar

ficar deitada uma hora
(meio) no escuro
(meio) em silêncio

(meio porque é cidade)

líquido medo

tu tem é medo
e
eu não tenho tempo a perder
ainda assim choro, des
confio de mim
diria que me estranho
mas a verdade é que conheço bem
esses trilhares de pouco sol

eu tenho é medo
tenho
mas olho ele nos olhos
olho eles todos, não são um ou poucos
muitos não conheço
mas quando encontro, olho
encaro a cara das agulhas e me vazo
lágrimas que são medo raiva tristeza

também são vontade
há vontade
aqui no fundo algum lugar
que pode até estar difícil de alcançar
mas há
ar
suspiro porque existo
e não não
não faço assim como tu
não vou negar
ou abafar
não vou pedir que esqueça
fingir que não foi água que correu
ação cansada de tentar controlar
a vida que flui cachoeira

medo é líquido
e
eu sou queda d'
água
me derrubo me lanço às pedras
me abraço no choque
levo meus medos pra passear
e que me olhem das matas e me desejem
mas não temam

minhas trombas d'água
pois é da força da catarata jorrar
e se às vezes arrasta o que está pelo caminho
é porque é parte de movimento maior
e não cuidaram de observar sua beleza, sua força
seu transbordamento

se deseja cachoeira
cuide o fluxo das águas
se teme cachoeira
olhe de longe
e
não mergulhe
não vá tampouco molhar os pés
pois o que teme atrai
correnteza

um tambor **sem som**

há que se desconfiar da palavra
quando ferramenta que encerra
arma em estratégias de racionalização
palavra que define, delimita, contorna
o que na experiência é matéria viva, fluida,
constante transformação

palavra que vale é
quando abre
quando brinca
e dança com a substância da vida
quando mostra dimensões em camadas
caleidoscópio de possibilidades
batida de pé no chão que lembra
a poeira que o céu recebeu

não quero sua palavra
de quando quer explicar
- reduzir -
para entender desencontro
que você decidiu

fico com a palavra manifesta no encontro
no toque das suas mãos me puxando pra junto
no beijo da sua língua me querendo enlaçar
no passeio de seus carinhos por minhas costas dizendo
te vejo
no abraço do seu corpo inteiro dizendo
te quero
no seu dedo que por dentro de mim gritava
se abra pra mim!
na dança da sua língua em minha orelha inteira
me ofegando o ar que arrepiava em gemidos

fico com a palavra meu nome
saindo ondulante dos seus lábios em gozo
dizendo
estou aberta, me queira
estou aberta, recebo seu querer
fico com a palavra em dobras
manifestação do encontro

e que a palavra dos seus contornos delimitados
para a riqueza de nossas possibilidades de afetar
explique o seu momento

o meu escolho viver em seu desdobrar fluido
ainda que quebradiço
após o corte de sua tesoura
(não a das pernas, infelizmente
mas a das palavras)

o deserto é também
local de descanso

cansada **das pontes queimadas**
fico eu com os tijolos nas mãos
alguns até quero carregar
outros não

o que aprendo dessa coleção de destroços
é que não há garantia nenhuma
de nada
(talvez dos erros,
talvez da morte)
só o que posso fazer
é tentar ser cada dia mais honesta comigo
e assim também com vocês
conosco
as vezes é difícil, não entendo imediatamente
que falto em honestidade
por isso é preciso que haja também
gentileza comigo,
conosco
de minha parte
de nossa parte

assim, quem sabe,
caso ou quando
estas novas pontes venham a queimar,
seja mais brando o fogo
deixando algo como uma bela ruína
que possa servir de base para erguer algo novo
outras pontes
ou mesmo um emaranhado de plantas
verdes a cobrir os tijolos

que violência a luz
sua mania de expor definir formas
delimitar contornos

tem coisas que só se transformam no escuro
o fundo das aguas é escuro
mergulho e me misturo na indefinição

pode ser que eu chore
pode ser que o silêncio me apavore
pode ser que a mistura com os arredores
revelando o quanto não sou
me amedronte

mas silencio
dissolvo
no indefinido

transformo
me sou
a casca
a gema
o ecossistema
do ovo da transformação

quando saio de novo à luz
carrego comigo a presença
preenchida de escuro e silêncio
exibo meus contornos
sem medo

o vazio me permite
criar
me
e o mundo
a mim

imagine: um espelho

a serpente que rasteja
movimento
meu corpo em movimento
o fluxo dos elementos
que nascem em mim, fora de mim
não há fora de mim

o giro da cintura
a força e a leveza
o espaço entre meus dedos
boca de dragão
o espaço entre minhas unhas, curtas
patas de tigresa
o movimento do meu rabo
serpente de
esfinge

o corpo de leoa
as asas de águia
o rosto de mulher -

e sempre a cauda
de serpente
cujo enigma
ainda não desvendaram
nem adão
nem eva

decifro
me
e
me
devoro

como a força de um sonho
existe o que já estava
existe o que atravessa
a
fazer pelo corpo um mundo novo
(cada corpo faz de novo o mundo)

se me demoro na cama pela manhã
é porque gosto de sentir o dissolver
da sensação do sonho
(o sonho reinventa a sensação)

o dia começa sempre depois de sonhar
o dia começa nesse aterrissar
do intangível e imaterial
ao condensar da matéria

a poeira da areia nos olhos
lembra que sonho é grão
pequeno e infinito
deserto de possibilidades
e
corpo
aglomerado de grãos
água, seres e sonhos

(e é corpo o sonho das possibilidades)

como a força de saber
que a cada dia tudo se refaz
a cada dia me desfaço
me quebro em pedaços
sempre nesse jogo
de me partir para me remontar

como a cada sonho
a força
de não saber
o corpo

aprender a se mover
como um sapo arrancando
a própria pele
(e comê
la)

pois
ao chão!
– declaro
manifesto
proclamo –

ao chão!
as costas
os braços
também os abraços

ao chão!
sem pressa
sem choro
sem festa

ao chão!
até que chão adentre o entre
de nossas perturbações
e chão sejamos
pro que de dentro move
pro que de fora mexe
e pro que silencia
e recebamos o que é a gente
nessa sutil tensão

ao chão!
até que chão sejamos
apenas
sem embaraços

sonhei **as escadas**
como anúncio da queda
e me agarrei aos corrimãos

cair pra dentro de uma escolha

me disseram:
você é o seu centro
também me disseram:
o centro não está fixo
não há centro definido
e se não há centro que se fixa
o poder também não se fixa

o centro é móvel
não permite que o poder se fixe
eu sou meu próprio centro
e o centro é móvel

é minha própria natureza relacional
está sempre em relação a mim, mas não se fixa
eu não sou o centro
o centro não sou eu
minha vida não se fixa

sou força criativa que se expande e surge
a partir do silêncio
sou uma estrela de movimento lento
que espera
e convida
porque meu centro
é minha própria natureza relacional

| admiro quem consegue agir **de prontidão**
responder às coisas no momento

o que me cava o peito
me exige fazer-me em buraco
quanto mais resisto
maior a fundura escavada

tempo vai preencher,
coisa vai chegar pra entupir
há o que cai e sai
ser buraco é ser abertura ao que o vento trouxer e a
| gravidade derrubar

imóvel
sendo simultaneamente esvaziada e preenchida
às vezes aprendo a exigir menos de mim

sempre volto ao estado buraco
quase nunca quero
são diferentes os tamanhos
fundos, tipos de terra
sedimentos

sendo buraco não me dissolvo
como na água
é viva a percepção do que me separa
das bordas entre vazio e chão

limiar duro o buraco
o que vai sair
é imprevisível
é banal
:

eu de novo
como antes de emburacar
atrasada, lenta, desorientada
mas viva, de novo
e
talvez pronta pra responder
ou ao menos
perguntar

encarar medos e desejos
perceber como são faces
de um mesmo corpo

cultivar o silêncio
no revirar das entranhas
abraçar o querer
sem culpa
ou falta

me descubro pronta
me abro
desejo
vejo

(me)
vê
?

escrever trêmula
a vista turva
o esforço merece ser colhido até as últimas gotas

pulso e berro
sou ar comprimido
um punhado de carne latejante
e um mar de água transpirante
a pele fogo em brasa e a garganta arde

em meio ao êxtase-exaustão escrevo
me pergunto se corto seu efeito
ou se continuo
evito a pressa do
relaxamento
a contradição partida em um verso
mal vejo as letras, mas escuto
sons de grafite raspando papel

o ribombar da caixa de ossos
a cabeça lateja
me contraio
lentamente
forço minha respiração
para que não se acalme

a calma está aqui
pulsante, trêmula
ofegante, exausta
e não há mais nada

o mundo é mar
o céu está tão
próximo
um gramado
é uma **montanha**

aprender
a se relacionar com um corpo
cheio de história
e sentir
seu corpo é cheio
seu corpo é cheia
integra
sente
compartilha

o som
dança do invisível

o sonho
mergulho no rio
olhar da montanha

o sonho
caminho de ontem
lembrança de amanhã
vida de hoje

o sonho
feitiço do desejo
arrepio da coluna
susto da vida

carinho

não te peço nada agora
a não ser o que já é isso aqui
o que somos encontro
e que o carinho possa ser livre
e seguir sem medo
te encontrar mais à frente
olhar atrás e ver o tracejado que foi
que vem
se me tem carinho
me tenha
se te tenho carinho
te quero querer

a gente encaixa tão bem bonzinho
carinho

são todas células da pele
que se encontram
que se tocam
que se escrevem

são todas células da pele
que se chocam que se atracam
que se atacam que se repelem

são todas células da pele
que sabem o que é bom
um toque um beijo uma carícia
um tapa um sopro

são todas células da pele
que te fazem querer voltar
que te fazem querer fugir
que te fazem querer

são todas células da pele
extensão geográfica do sentir
mapa dos encontros

olhando vocês eu senti
toda transformação é
em conjunto
ainda que haja casulo
silêncio
escuro
solidão

corpo precisa de borda
ernesto escreveu
não sei onde tá a minha
francisco escreveu

será que dentro do casulo
lagarta-mariposa sabe sua borda
quando não é uma coisa nem outra
quando habita entremeio
:
o estado máximo da borda
dissolve
a própria borda

mas há ainda encontro
de corpo com mundo
condensado no interior
de corpo com passado
que se dissolve em outra
coisa vida que carrega
em si outras vidas

o toque revela
o toque transmite
o toque tira do fundo
fundo

fundo
as vidas que às vezes
a gente não sente

olhando vocês eu senti
que a transformação é coletiva
que cada gestar e parir de si
transforma o arredor
que cada ser pulsante vivo ou casulo
transforma demais seres

pés se conectam pelo espaço
desenhado no papel
pela tinta espalhada pela pele
a escrita de toque corpo e silêncio
e as mãos flores abertas se encontram
cabeças poços fundos de nascentes olhos
pesam e vislumbram

olhando vocês eu senti
que há o que não é possível dizer
senti o que a mim era mistério de seu movimento
e encontro
apreciei haver na experiência
algo intangível a mim

| poli
nizar a vida
ouvir o silêncio de um abraço e
estar ao lado
como as plantas
raízes entrelaçadas
fungimaginando
mundos
rebelando
mágoas
abrigando
sono e vontade
energia de aprender de novo
o novo

curar / governar

como se acontecesse ali, pela própria vontade - **inédita** - de viver o que em meu corpo não existe, senti a barriga crescer, senti ela me preencher, senti tesão em imaginar ser gestante, carregar vida nossa - nova -, transicionar para mãe.

eu risco

risco a vida
o prazer
arrisco dizer
que vida
é risco de prazer
e risco
é prazer de vida

às vezes arisca
eu sou o risco
de vida

ando meio obcecada
com minha própria imagem
[vulcão no ventre]
me disseram
apaixonante
esta semana

inteira
[você é, ainda que em pedaços]
lava gentil nas palavras
e ah!...
eu sorri
[bonito]
e acho que ando me apaixonando de novo
por mim
[você lembra como é]

nina escreve com colchetes
pra acessar outros tons
e eu acho lindo
[e inteligente]
e não sei se sei bem como fazer
[e quando fazer]
mas tudo bem
porque não é sobre isso
é sobre como é lindo
[amor] entre a gente
[e não porque sejamos todes iguais]
ah, não, não mesmo senhor colchete

mas sim porquê
[esse é o macete]
bom é ser diferente e trazer o que vem
[os conflitos também]

e ter gente com a gente
e não ter [que não tem]
medo de amar

calmaria

eu tenho uma cicatriz de fogo
na minha mão que é pra lembrar
que fogo sempre quer correr
que fogo é vontade
de alastrar

eu tenho uma cicatriz de fogo
na minha mão que é pra lembrar
o tanto que ainda vou queimar

a espera:
o que me acolhe
o que me apavora

fui adolescente duas vezes
que sofrimento e que trabalho
a adolescência
tem sua diversão
(mas sinceramente...)

já fui criança
e feliz
mas tolhida
como tantas crianças

tentei muito ser adulta
esforçadamente tentei
perdendo a vontade de viver

hoje
abraçando minha autonomia
(a possível)
sou simultaneamente
uma criança e uma velha

converso com peixes
enquanto observo
minhas paisagens interiores
do topo de uma montanha

sinto ainda o medo
sim
mas não tento fazê-lo
desaparecer ou fingir
que não existe
compõe meus delírios
de conversar com bichos
e de saber meu tamanho

faço minhas vezes com o cansaço e a empolgação
o corpo, aah...
carrega tanto
e é sempre novo ainda
que com dores
que com marcas
que com esquecimentos

o que você acha que sente
um bebê quando chega ao mundo?
uma criança à noite quando os ossos crescem?
uma jovem quando explode viva e não encontra
| resposta?
uma idosa quando o corpo responde em outro tempo?

a velhice me faz ver longe
e nebulosamente

abraçar minha história
a infância nova óbvia
me faz **inventar línguas**

sabe
cansa esse tanto de morrer
e renascer
morrer
e renascer

olhar os copos virados
chutar os baldes

aaaahhahaha
-suspiro fundo-

pra lidar com tanta morte
só mesmo debochando de si
afinal é só mais um dia
e é uma vida inteira

não queria que nosso caminho tivesse
que nosso caminho
...
-suspiro-
que o caminho que partilhamos
tivesse tantos
imprevistos
desvios
tropeços
fendas

mas afinal a quem interessam as linhas retas
(eu sei que nos desvios e imprevistos
moram das melhores experiências
eu sei que nascem coisas bonitas das fendas)

– silêncio
um carro passa
a pergunta ecoa –
afinal

(**a quem interessam as linhas retas?**)

somente aos versos dos poemas
às lâminas das espadas
ao gesto de cortar
e desistir

soprar ao ouvido
o som do silêncio

| há um trabalho a ser feito
é de paciência e cuidado
como tecer uma trama de palavras
ou um mosaico de sons

as mãos podem até se mover ágeis
por caminhos já conhecidos
mas sabem
que o tempo da completude é tempo de dedicação
não adianta correr pra terminar agora o que só vai chegar
| amanhã

há um trabalho a ser feito
invisível
silencioso
mesmo quando as palavras gritam
mora no espaço entre cada sílaba
nota
ponto
fio dessa trama

há um trabalho a ser feito
e é trabalho porque diz da nossa força de criar
não de gerar valor pra outres
não.
da força de criar
que se faz em contato com o silêncio
o escuro
o misterioso e o mundo

talvez exija sentar um tempo com a experiência
talvez exija se movimentar em torno de algo invisível
talvez exija falar muito
olhar muito

trocar muito
tocar muito
ouvir muito
estar muito
por aí

talvez exija recolhimento
tranquilidade

é um trabalho de cuidado
com o caminho
com os passos
com as palmas
e as promessas

as que nunca deveríamos deixar de fazer
às crianças que somos

é um trabalho de cuidado e paciência
um trabalho de cultivo

risco as chamas com o pó vermelho no papel
a tentativa de abarcar o fogo em imagem
é gesto que se sabe falha de partida
o gestar do gesto é criar outra coisa

arriscar gestar fogo
como quem pisa assustada em águas novas
testando com a ponta dos dedos
querendo o mergulho
temendo as gotas

quero o fogo que queima e alastra,
quero a brasa que repousa e alimenta
quero a tocha que abre caminhos
e a explosão que fecha
quero o calor que faz ebulir águas
me transformar em vapor

chover no contorno da própria chama
me queimar e apagar

nadar na fumaça de minhas partículas suspensas pela
termodinâmica da queima do oxigênio
a flecha
o alvo
a dúvida
o desejo
a verdade
de ser o que é:
fogo

sonho e caminho
vontade

reconhecer o chão
por onde pisaram
aquelus que vieram antes
de mim

fazer minha preces e saudações
ao chão
que me recebe
e recebeu
receberá

deixar no chão meus passos
que se percam e se misturem
às marcas já deixadas
por mim e por quem veio
quem
viveu passou amou sangrou criou morreu nesse chão

por quem virá

as palmas as solas
a barriga o rosto de encontro
ao chão

a uma história
que fica
e continua
depois que eu passe
dissolva
esqueça

todo lugar é meu
e em todos eu sonho

chegar e partir

nunca morri
e de nascer não me lembro
digo,
foram já muitos nascimentos e também mortes
atravessadas no desenrolar dessa carne - eus
mas
dos definitivos surgir e partir
o primeiro antes
 e o último depois -
destes não me recordo

suspeito, porém, que se assemelhem:

há uma violência e uma travessia
algo deixa de existir
para que outra coisa se faça no mundo
há um choro e um suspiro
o primeiro, o último
qual a diferença?
uma radical mudança de forma
um lançar-se de dentro pra fora
(da vida, pra vida)
e há, claro
o espanto

este que nos acompanha por toda marcha
agora, aqui, pode ouvir?
ouça
é este espanto que
caminha conosco
o eco da lembrança
de nossa ruptura
e continuidade

de chegada
e partida
acontece de novo agora
nascemos e morremos de novo, agora -
ouça
é este
o espanto
um raio que atravessa a abóbada
e já foi
era eu ali
viu?
era você
vê

sabedoria de folha
é
que se o destino
é chão
basta cair com graça

descobre o brinquedo
de navegar o ar
deixar se
levar
ventar

de repente em rodopio
encontra outras folhas
caindo juntas
riso solto
vento livre
paixão tranquila

observar
com delicadeza
o caminho

o meu
o seu
os que se cruzam
à nossa volta

estamos caminhando sim estamos
seguro sua mão agora
pode parecer que nada mudou
mas você segue caminhando

segura aqui
vê como andamos?
vê como mudamos?
vê o que ainda permanece?

as mãos
os caminhos
os passos

entre caminho e carinho
muda só uma letra

ser caminho
o nosso próprio e único
o seu só seu
o meu
o que fazemos
juntes

ter carinho
pela nossa caminhada
e poder se apoiar
é ter caminho
pelos desvios
que nos fazem duvidar

caminha
que aqui eu também
caminho

na casa dos 30

somos apenas crianças
na casa dos 30
ignoramos a necessidade de matar jubartes
ou a fome de espelhar decepções
procuramos a correria
que não leva a lugar algum
esperamos a hora da brincadeira
enquanto afogamos (em) tempos de máquina

somos apenas crianças
na casa dos 30
e apreciamos o jogo
dos nossos corpos quando juntos
desejamos a vontade
de não deixar de ter vontade
recusamos o jogo
de perseguir o que nos aprisiona
não somos livres,
mas arriscamos desenhar com os olhos,
ou os dedos,
o improviso

somos apenas crianças
na casa dos 30
e o sopro do sonho
é o que nos move o respirar do peito
às vezes suave,
quase parado
nos rodeamos de plantas
e pequenos mamíferos
pra nos lembrar do que cresce
em outro tempo,
diferente da luz que nos queima os olhos

nos deitamos no escuro,
ou à meia-luz,
procuramos o toque
e o som de nossas vozes

somos apenas crianças
na casa do 30
às vezes dizemos
que o tempo nos faz pegadinhas
mas acho que ele é nosso maior companheiro
sempre nos fazendo fracassar
quando tentamos correr na esteira
que desenharam para as décadas
as décadas nos derrubam -
e deitades no chão sentimos
o toque da terra
descobrimos que podemos dançar
sobre os apoios dos dedos
joelhos, cotovelos, pés e
cabeças,
cujo peso rodeamos
enquanto lançamos os pés para o alto
nos equilibramos nas pontas dos dedos
e das barrigas umes de outres
nos lembramos da força que nos empurra
pra baixo
e não precisamos penetrar o espaço
em novas naus de ferro e combustível
apenas nos deitamos em companhia
para olhar as estrelas

não tenho um querer que me defina
não tenho um fazer que me oriente
minhas flechas são pequenas
e mudam de cor

às vezes fico querendo
a flecha grande,
ser portadora de lança

mas furo meus dedos
em **minhas pequenas setas**
espalhadas pelo chão

e meu sangue
sempre me comove

nascer **pelo fogo**
germinar e então
se preparar para a chuva
a que vier
quando vier
seca e viva pelo fogo

cáquetô

o cacto
um pacto
entre o deserto e a sede
a distância é a gente
não poderia ser de outro jeito
mas eu vou
cavar uma rota na areia e
encher de novo a fogueira
há o sonho e a viagem
o roteiro uma passagem
me lembra um comichão
percorrendo a extensão
do coração que se espalha
pelas minhas costas
e pés
querendo
chão
querendo
fé

estar **visível**
não exposta

ser vista
além
das projeções
espelhos
de desejos não assumidos
temores inventados
invejas, recalque, re
sentimentos não vividos
da própria liberdade

ser vista
reconhecida
em meu brilho
em minha sombra
em minha força
e minha fraqueza
em minha banalidade
cotidiana

ser vista
meu bem
não aceito menos
do que ser vista

não há falta
quando há encontro

a vontade de mais é pulsão da vida
que quer se multiplicar
vida que busca mais vida
nunca falta-de-coisa-não-vivida

não é dor de falta o que sinto
quando você me vem assim em sonho
e acordo sozinha
peito acelerado
estômago revirado
calcinha molhada

saudade é essa vontade de gozar
inteira
sendo corpo em sua mão

da força de atra(cá)ção

me explica,
moça física
a natureza do fenômeno
por trás da força de um corpo
menor, com menos massa
(o seu)
capaz de atrair e mover outro maior, mais pesado
(o meu)
1592 km de distância
(o tamanho do espaço entre)

é algo como
uma explosão
de caramujos coloridos na rabeira da via láctea
ou a diferença de modulação das ondas de luz
do brilho
dos meus olhos quando te olham
tipo uma aurora boreal
in.vertebrada
dança de casco, concha, músculos e
aquela gosminha que eles deixam

ou uma música
intervalos de som organizados
em arrebatamento corporificado
como ondas incorpóreas
se transportando no mais absoluto silêncio

que não é vazio como nada
mas vazio que nem a saudade
(cheia de você)
que nem a vontade
(cheia)

de ver o seu sorriso brincalhão
quando seriamente responde
minhas perguntas absurdas
ou me encara e me devolve
outras ainda
(a cada força
uma reação
– que nem
teu empurrar de coxas
na minha pulsa
ção caramuja
escorrendo gosminhas
no espaço vazio da calcinha)

união de êxtase e vacuidade

laço

elu fala muitas línguas que não conheço
e já viveu em tantos lugares que nunca vi
com elu aprendo dos finos fios que nos entrelaçam
de como fazer parte tendo raízes móveis
ou aéreas

gostamos de chutar coisas
e ouvir o som de nossas vozes
zunindo pelo ar em palavras
que nos aproximam e afastam
de nossos corações machucados

compartilhamos a urgência de viver
e fugimos da pressa de provar
ou produzir

irmanes no escuro
procuramos o encontro
escavamos o silêncio
compartilhamos segredos
descobertos

elu caçoa de minhas garras de carangueja
e eu observo seu olhar de cascos gentis
a prescrutar o escuro de suas terras

corremos a velocidade das tartarugas
e nossos cascos trazem desenhos inusitados
como a sombra de um candelabro
ou o recorte de uma estrela

noite
som
a luz é sombra das vozes
cabeça
cabeça
cabeça
gira ao lado

é da natureza do coração
pensar
amiga
mas é também
– como antinatureza
do sentido do que não
muda-
é também da natureza
do coração sentir
vê
como fosse um dedo
um palmo de pele nas costas
uma dobra da neca
uma prega do cu
coração sente

e respirar pode até trazer espaço entre cada batida mas
não interrompe o intervalo
quanto maior
mais expectativa cria

sente

aqui o vazio expande
a presença

como quem procura palavras
pra definir os encontros
um prego fincado na areia
tentativa de segurar as ondas

(a imagem da poesia
:
uma brincadeira que acredita em seu poder de fracassar
e ainda assim transformar alguma
coisa cada tentativa

mas não séria demais que seja jogo
nem frívola demais que seja distração)

como quem tenta encontrar palavras pra definir caminhos
mas sem deixar de trilhá-los enquanto aguarda a definição

(o som que tenta ser silêncio
já não sendo
e por isso mesmo
insiste em soar

palavra que cava centelha
que enxerga melhor no escuro
que se alimenta como fungos
da matéria viva
morta)

como quem procura na morte
resposta pra vida
que nem nunca pergunta alguma fez

( )

como quem procura na vida
a pergunta pra morte

como quem procura
a pergunta

como quem procura

integra

ouve o som
do que não está
é o tempo a correr
e são outros tempos

integra o corpo
escuta
recebe e passa

integra
o que foi recebido
entrega
o que te foi dado
no dia da chegada

entrega
escuta

-

integro
ouço sons que não estão ali
ouço a voz do tempo
é o mesmo tempo de novo
de novo
de novo a
correr
e já é logo outro

sinto
como a força de um furacão
rodopiando por dentro
do fundo

do fundo
do fundo ao
topo
o sopro
um susto
me assusto
sorrio

-

entrego

mas que ousadia querer colocar palavras aqui
ousadia de bicho-humano
se não fala não satisfaz
mas a fala é nossa forma
de brincar e devolver
é nosso jeito de dizer:
eu ouvi
tô aqui
toma de volta o que me foi dado

falar como quem devolve
não como quem retira
falar como quem sabe o presente
apenas emprestado
falar deixando as palavras correrem
como as águas
como o tempo
sempre as mesmas
logo outras

integro
entrego
palavro

eu sou uma planta rompendo a semente
e não há nada
nada
nada
nada mais explosivo

somos como o som
invisível que transporta
somos como o som
a passagem de uma nota

somos como o som
preenchemos
partimos
deixamos na lembrança
a sensação da passagem

somos
nós
somos

assim mesmo no plural

eu vi um biólogo que dizia
que uma célula humana isolada
comporta-se de forma paranoica

uma
célula
humana
isolada
comporta-se
em forma
paranoica

uma
célula
humana
isolada
conforma-se

em forma
paranoica

uma
célula
humana
isolada
isola-se
de forma
paranoica

uma célula humana isolada
uma célula humana isolada

não é
nós
somos

eu trago em meu peito esta profecia
de ser em inteireza
quem sou em calma, profundidade e desapego
trava sapa brinca com as palavras e busca mover o corpo
em caminhos de peso e leveza,
em caminhos de vida

trago em meu peito esta profecia de que sou sim inteira
sabendo que inteira sou também o muito que não sei
que inteira sou não sendo una, tampouco fixa,
assim como tudo que me rodeia

trago em meu peito esta profecia
de que há sim um mundo que nos massacra
que não nos quer vives, inteires, potentes
que nos quer mortes, isolades, solitáries e à disposição
| para servir
mas que este não é o único mundo
muito menos o mais verdadeiro

eu trago em meu peito esta profecia
que tudo que precisamos já está aqui conosco
aqui em nós
que não nos falta
não somos falta
somos o encontro do céu com a terra
o sopro do céu
a roupa que a terra vestiu pra passear
-diz Ailton Krenak
que somos uma galáxia de seres e células em abundância
ajuntando-se pela força da vida
que somos ligades por redes muitas e invisíveis
que o indecifrável, o indizível, e o imprevisível
são o Presente

que no menor dos espaços há sempre espaço entre
e que o poder criativo do vazio
está sempre ao nosso lado

eu trago em meu peito esta profecia
que por mais que o mundo nos violente
por mais que a gente nos machuque
que quem amamos nos descuide
que por mais que tenham me ferido
- usado minha abertura pra me violar -
sei que sou mais muito mais
do que a soma de minhas dores
- somos mais que a soma de nossas dores -
pois eu sou a vida
- somos a vida -
e me transformo
- nos transformamos -
eu sou mutação
- somos mutação -

e em mim correm muitos rios
de encantamento e paixão
se entrelaçando
também com as águas do medo
e do desencanto
sendo todos em movimento
mesmo quando lento
e profundo

eu trago em meu peito esta profecia
de que a vida é sim presente
de que somos vida
nós somos vida
repita que nós somos vida

que nós somos vida
que nós somos vida
mesmo quando morremos

eu trago em meu peito esta profecia

acolher destruir
o tempo

o pó vermelho subindo a estrada
chão de fogo
suas cinzas contam eras
seremos outres como o ontem
será o espelho do amanhã
e ser só é mesmo fazer-se
como o barro do leito
o voo das araras

habitar guardar
uma ilha

onde se cai
se habita
o que se planta
se guarda
vem mesmo junto raízes no peito
o plexo um osso flutuando
acima da bomba das águas

receber acompanhar
um rio

canoa leve
a pedra quente no centro do rio
a pedra escarpada o caminho
a trajetória do vento sobre água
tornada em listras pintas
uma onça que grunhe dengosa
felina que gosta do nado
do mergulho abraço
de tocar o rio

acolherdestruirotempo
onde as invenções
do que foi não será
do que será não ter sido
do que é não ser era
ou virá
ventam rodopio
ou sedimentam-se montanha

ao vento

quero mesmo minhas palavras ao vento
que se dissipem e desfaçam
que sejam levadas pra lugares que nem imagino
sendo já outras
que fujam dessa boca que as falou
e corram livres
vivas

as palavras não são minhas
me lembram:
nada é meu

que já sabia

descobri que já sabia
que sol caminha
que chão recebe
que pele cansa

descobri que posso
- se não caminho -
ser tapete
passagem
suspiro de sol

e

que sozinha no sol
virando zebra
nos intervalos da grade de segurança
corpo pode encontrar calor
mão tocar papel
cabeça
pode passear

ser **pequena**
menor do que pequena

tão completamente desimportante
que fosse livre

caminhovazio

palavra
para alcançar
silêncio

corpo
para ser
vazio

ação
para
aquietar

amar

a falha entre as coisas,
versos, requadros, seres
- o vazio entre -
o silêncio que dá sentido a cada som
a cada fala

o poder do não
o poder do nada

in.finito
(in em inglês é dentro)

dentro
do fim

e ainda, ou de novo,
o óbvio:
tempo não se perde
tempo se vive

não ter nem mais o nome

e aí chuva
e aí sol

sumário

– quando corpos marcados pela serpente se encontram
– espelho
– estrelas
– profecia
– em brasa lenta - espiral
– depósito travesti
– hora de recontar histórias
– não confundir
– incontinência
– dá trabalho pra tirar
– carta de uma pequena gota a uma sereia vulcânica
– (o resto) leva
– re.cordar
– silêncio-mulher
– as avós que me foram roubadas
– ter muitos nomes
– órgão fantasma
– fracassar em ser mulher
– aquendar
– r(ar)e feita
– a claridade do dia
– nós
– as mordidas dos cachorros
– a sensação de não ser vista
– queria ser silêncio
– pela minha pele
– pós-p.
– cansada / saudade
– há uma voz que me rodeia
– lá fora é o vento
– começa de novo / quanto tempo vai durar?
– coisas físicas
– de girassol
– memória
– pistas

– a função do peito é receber ar
– observe o movimento e vá
– não temer a própria voz
– (meio) em silêncio
– líquido medo
– sem som
– há que se desconfiar da palavra
– o deserto
– das pontes queimadas
– que violência a luz
– imagine
– a serpente que rasteja
– como a força de um sonho
– como um sapo arrancando a própria pele
– ao chão!
– as escadas
– antes tarde
– cair
– o centro
– de prontidão
– vê?
– a calma está aqui
– o mundo o céu montanha
– seu corpo é cheia
– o som
– o sonho
– carinho
– são todas células da pele
– toda transformação é em conjunto
– curar / governar
– inédita
– eu risco
– [vulcão no ventre]
– calmaria
– a espera

– inventar línguas
– a quem interessam as linhas retas
– soprar ao ouvido
– um trabalho de cultivo
– vontade
– reconhecer o chão
– todo lugar é meu
– chegar e partir
– sabedoria de folha
– caminha
– na casa dos 30
– minhas pequenas setas
– pelo fogo
– cáquetô
– visível
– quando há encontro
- da força de atra(cá)ção
– união
– laço
– é da natureza do coração
– como quem procura
– integra
– eu sou
– nós somos
– eu trago em meu peito esta profecia
– acolher   destruir   o tempo
– ao vento
– que já sabia
– pequena
– caminhovazio
– do fim
– e ainda, ou de novo
– não ter nem mais o nome

pósfecia: **os devires de pequeneza da poesia maior de diana salu**

me pergunto se os poemas de profecia – esse livro-encanto na estreia da poesia-só feito com tanto esmero por uma salu que conheci pelos desenhos, pelos quadrinhos – fossem gente, habitada por ego, teriam noção dos delírios devires de pequeneza que trazem aqui.

em geral poesia consegue ser tão chato, né? tão presunçosa, tão arrogante, tão ar (inspira) tificial (expira), cheia de delírios de grandeza (que não tem)... pero achei os versos aqui o exato oposto: y como eles soam macios, bonitos, brilhância – de brio de cadência estelar –,

i
na
ca
ban
te...

parece que vão convidando a nos destecer também, junto com a eu-poética que atravessa ambiguidades Exunicas, mesmo sendo tão água, tão sol em câncer, pra ir se desdizendo aqui, ali, num poema, noutro, os menores especialmente, contradiz, solta, impromete:

poesia que se compromete, acima de tudo, com a poesia mesmo (y por isso chega fundo)

achei muito bonito mesmo.

a montagem tb, isso de ir intercalando os maiores com os menores, botar os poemas pra apostar corrida até a esquina do sentido (pelo plexo, que digo), feitum bordado de pontos confortáveis sendo desenhado num bastidor bem-esticado pelos sonhos (que aparecem

também

vez em quando:

nuvens

chovedouras,)

aparece o cerrado tb. aparece a dissolução. aparece o Tao. aparece a Trans. aparece a sapatão. (y sipá até perdoem as pessoas desumoradas que detestam trocadilhos mas acho que vi tb entre uma página y outra até a sapaTao...)

aparecem em flashes imagens, sons, alguma memória de sabores, as várias bordas epiteliais do desejo [de viver, de evaporar, de transar, de ser vista, apenas, mas não só, e nem com pena].

(trovejantes)

foi sim, eu bem gostei de ler.

agora levo também no meu peito retalhos dessa tua profecia, Diana

espero que quem mais dançar os olhos nestas páginas tenha peito, daqueles de coração bem cheio, pra levar tb.

com afeto,

taten
(tatiana nascimento)

diana salu nem existe
arranjo de palavras pra invocar
presença que ainda não havia
é delírio de vontade

vento
garganta
boca fechada
uma concha nos olhos
som sem palavras
arfar explosivo
decisão serena
buraco
e
suspensão

poema

Créditos da imagem: Júlia Salustiano

Este livro foi revisado segundo o Novo Acordo Ortográfico da Língua Portuguesa.

DIREÇÃO EDITORIAL
LIZANDRA MAGON DE ALMEIDA

ASSISTÊNCIA EDITORIAL
MARIA FERREIRA

PREPARAÇÃO E REVISÃO
EQUIPE JANDAÍRA

PROJETO GRÁFICO E DIAGRAMAÇÃO
DANIEL MANTOVANI

ILUSTRAÇÃO DE CAPA
DIANA SALU

Dados Internacionais de Catalogação na Publicação (CIP)
(Câmara Brasileira do Livro, SP, Brasil)

Salu, Diana
Profecia / Diana Salu. -- São Paulo : Editora Jandaíra, 2023.

ISBN 978-65-5094-016-4

1. Poesia brasileira I. Título.

23-161601 CDD-B869.1

Índices para catálogo sistemático:
1. Poesia : Literatura brasileira | B869.1
Eliane de Freitas Leite - Bibliotecária - CRB 8/8415

jandaíra

Rua Vergueiro, 2087 · cj. 306 · 04101 000 · São Paulo · SP
editorajandaira.com.br
| editorajandaira

Este livro foi composto pelas fontes Mala e HVD Bodedo e impresso em julho de 2023 pela Gráfica Hawaii. O papel de miolo é o offset 90g/m² e o de capa é o Cartão Supremo 250g/m².